Mateo Vai à Cabo Verde

Mateo Vai à Cabo Verde

Escrito por Cindy Similien

Ilustração de Ibrahim Wann

Tradução de Aline Oliveira e Anita Trindade

ISBN: 9798637333165

Para entrar em contato com o autor, por favor enviar email para:
CSJ Media Publishing
csjmediapublishing@gmail.com

Este livro é dedicado à:
Bispo Angelo Barbosa, Pastora Elisabeth Barbosa
e ao Templo da Restauração. Obrigado por tudo que vocês
fazem pelo povo de Cabo Verde e por outros ao redor do
mundo através de sua fé inabalável e comprometimento.

Todo verão, quando a escola termina, Mateo e sua família viajam para Cabo Verde por duas semanas para visitar seus avós que vivem em uma ilha chamada Fogo. É uma das dez ilhas de Cabo Verde localizada na costa ocidental da África.

"Fogo" significa incêndio em Português. Diz-se que toda a ilha foi criada com lava. Chove algumas vezes por ano mas o solo é rico para o cultivo de uvas vermelhas. Um vulcão ativo, Pico do Fogo, está localizado em uma vila chamada Chã das Caldeiras.

As outras nove ilhas são: Santiago, São Vicente, Santo Antão, Sal, São Nicolau, Brava, Maio, Boa Vista e Santa Luzia.

Quando Mateo e sua família chegam ao aeroporto de manhâ cedo, o vô Fernando e a vó Lucille já estão lá, aguardando ao lado do caminhão vermelho deles para cumprimentá-los com beijos e abraços. Vô Fernando coloca as malas na parte de trás do caminhão. A viagem até a casa deles não é muito longa. Eles moram à uma hora do aeroporto.

A caminho, eles passam por casas coloridas, pintadas em rosa coral, turquesa, ou amarelo. Espalhadas ao longo das montanhas estao os funcos, que são casas redondas feitas de cinza vulcânica.

Na radio, o DJ toca a morna de som parecido ao blue, a batida rápida da coladeira e o ritmo forte do Funana.

É sempre uma boa oportunidade , para ver suas tias, tios e primos. É hora do almoço e eles se reúnem à mesa para comer. Vó Lucille fez Cachupa - um ensopado de milho, feijão, mandioca, batata doce e carne.

Para sobremesa, ela fez a favorita de Mateo - bolo de cuscuz, um delicioso bolo feito com milho e açúcar. Há também bastante mamão e queijo.

No quintal deles há um pequeno palco montado. Está cheio de instrumentos musicais como violão, cavaquinho, violino, acordeão e clarinete. Cada um dos tios de Mateo pega um instrumento e começam a tocar enquanto a vô Lucille e suas outras tias cantam juntas. A tarde é preenchida com muita alegria, risadas e dança.

Durante o resto do dia, Mateo e sua família passam o tempo na praia que fica apenas à alguns minutos distante da casa de seus avós. Ele enterra o pé fundo na areia escura feita de cinza vulcânica.

Ele olha para as ondas de espuma branca enquanto sobem e depois caem, batendo ao longo da costa. À distância, os barcos dos pescadores parecem pequenos pontos no meio do oceano. Todos os dias, eles se levantam de madrugada para prepararem suas redes antes de saírem para o alto mar para pegarem peixes para venderem no mercado.

À caminho de casa, voltando da praia, eles passam perto de uma igreja que fica no topo de uma colina. Vô Fernando é pastor lá. A igreja poderia ser vista por qualquer um na ilha. Está pintada de azul turquesa e as janelas possuem bordas brancas. A cada hora, pontualmente, o sino toca durante um minuto.

Aos domingos, a igreja está cheia de homens, mulheres e crianças. Eles oram e cantam hinos em Português.

Quando eles voltam para casa, já é noite. Com sono e cansados após um longo dia, eles desejam uns aos outros boa note. Cada um volta para suas casas e se preparam para irem para cama. Um silêncio se instala e as estrelas brilham em um céu azul escuro.

Deitado na cama, Mateo poderia escutar as ondas do mar ainda batendo na praia. Nunca acaba. Ele também escuta as chamadas noturnas dos pássaros. Então, calmamente, ele pega no sono, sonhando com as aventuras que fará com sua família no dia seguinte.

Fim.

Autora

Cindy Similien é uma autora premiada Haitiana-Americana, embaixadora cultural e defensora da comunidade. O lema de sua vida é "Viver para amar, trabalhar para melhorar a vida de outros, criar um legado". Ela estudou literatura inglesa e escrita criativa no Barnard College - Universidade de Columbia.

Em 2019, ela visitou Cabo Verde pela primeira vez com sua igreja Templo da Restauração (TTOR) , viagens de missões médicas, onde cuidados de saúde de qualidade eram oferecidos àqueles que não tinham acesso à equidade em saúde. Ela sentiu-se motivada a escrever um livro infantil quando encontrou muitos meninos e meninas em hospitais, clínicas e escolas. Os lucros deste livro ajudará a apoiar os esforços educacionais e médicos do TTOR Viagens de missões médicas. Através desse livro, ela também espera promover a conscientização cultural e de alfabetização do belo país de Cabo Verde.

Outros Livros Infantis de Cindy Similien

Haiti Is

Ayiti Se
(Haitian Creole Edition)

Haití Es
(Spanish Edition)

Just A Kid With A Dream

Today, I Am Thankful For...

I Am A Black Girl

Soy Una Niña Negra
(Spanish Edition)

Mateo Goes to Cape Verde

Made in the USA
Middletown, DE
23 September 2022

11073406R00015